I0556946

ضد الجاذبية

قصة خيال علمي

إعداد وتحرير: رأفت علام

مكتبة المشرق الإلكترونية

صدر في مايو ٢٠٢٠ عن مكتبة المشرق الإلكترونية – مصر

ISBN: 9780463174661

الفصل الأول

تنهد الدكتور (حامد شوقي) في ارتياح، وهو يلتقط بأصابعه كرة سوداء صغيرة، ذات سطح شديد اللمعان، وابتسم وهو يرفعها أمام وجهه، قائلًا لزميله الدكتور (أشرف).

- هل يمكنك أن تصدق هذا؟

التقط زميله الدكتور (أشرف) تلك الكرة اللامعة في حرص بالغ، وبدا شديد الانبهار، وهو يقول:

- إنه نصر علمي بكل المقاييس.

قال (حامد) في سعادة.

- وبأقل تكلفة.

ثم مد يده إلى سطح المكتب، على ارتفاع نصف المتر تقريبًا، وترك الكرة.. وعلى الرغم من معرفة (أشرف)، وإدراكه لما سيحدث، إلا أنه لم يتمالك نفسه من أن يطلق شهقة قصيرة، عندما بقيت الكرة معلقة في الهواء، وكأنها تتحدى قوانين الجاذبية الأرضية..

بل لقد كانت تتحداه بالفعل، فهذه الكرة السوداء اللامعة، كانت هي أول صورة أرضية معروفة لمضادات الجاذبية الأرضية..

وبكل انبهاره، قال (أشرف):

- من كان يتصور هذا؟.. من كان يصدق أن تحرز (مصر) ذلك النصر العلمي، الذي يعد حلمًا من أحلام العلماء، منذ نبتت فكرة السفر إلى الفضاء في العقول..

تطلع (حامد) إلى الكرة، التي راحت تدور حول نفسها في بطئ، وتعكس أضواء المعمل في شكل رائع، وبدا شاردًا لحظات، ثم قال:

- أتعلم ما الذي يمكن أن يفعله هذا الكشف العلمي يا (أشرف)؟.. إنه سيفتح أمامنا مجالات هائلة، وآفاقًا واسعة في علم السفر إلى الفضاء.. تصور مكوكًا فضائيًا يتم صنعه بهذه المادة، بحيث يمكنه عبور الغلاف الجوي بأقل طاقة ممكنة.. بل تخيل صواريخ هائلة، تحمل مستعمرات كاملة، وتعبر مجال الأرض في يسر، لتبني مدنًا فضائية، و...

قاطعه الدكتور (أشرف) مبهورًا:

- أمر رائع.. رائع بحق!

ثم سأله في لهفة:

- متى تنوي إعلان ذلك الكشف الرائع؟

صمت (حامد) لحظات مفكرًا، ثم قال:
- أظن أن أفضل مناسبة لذلك هي مؤتمر أبحاث الفضاء، الذي سيقام في الولايات المتحدة الأمريكية، بعد أسبوعين.
هتف (أشرف):
- ستكون قنبلة المؤتمر.
ثم انخفض صوته، وهو يسأله:
- قل لي: هل أخبرت مدير المركز بكشفك هذا؟
ابتسم (حامد)، وهز رأسه، قائلًا:
- لا أحد يعلم بأمر هذه الأبحاث سواي أنا وأنت، منذ بدايتها.
سأله في دهشة:
- ألهذا طالبتني بكتمان السر تمامًا؟..
أومأ (حامد) برأسه إيجابًا، فعاد (أشرف) يسأله في حيرة:
- ولكن كيف كنت تحصل على المواد اللازمة؟
ضحك (حامد)، وقال:
- أوهمتهم بأنني أقوم بأبحاث حول مادة تمنع صدأ المعادن إلى الأبد.
هتف (أشرف):
- فقط؟!
ثم انفجر ضاحكًا، وهو يستطرد:
- يا لك من مخادع!
ابتسم (حامد) ابتسامة شاردة، وقال:
- دعك من هذا الآن، وأخبرني.
وعاد يلتقط الكرة اللامعة بين أصابعه في حذر، مستطردًا:
- ما الذي يخفيه لنا هذا الكشف في المستقبل؟
وبدا الجواب غامضًا.
ومثيرًا..

✿✿✿

استوقف رجل الأمن، عند بوابه المركز القومي للبحوث، ذلك الشاب النحيل، الذي بدا حائرًا متوترًا، وهو يتقدم نحو البوابة، وسأله في حزم:
- إلى أين يا سيدي؟
تطلع إليه الشاب لحظات في صمت أشبه بالحيرة، قبل أن يلتقط أنفاسه في صوت مسموع، ويعتدل قائلًا:
- أريد مقابلة الدكتور (حامد شوقي).

نطقها الشاب بلهجة مهذبة للغاية، إلا أن شيئًا ما في لغته أو أسلوبه لم يرق لحارس الأمن، الذي رمقه بنظرة شك طويلة، وهو يفحصه كله ببصره في ريبة..

كانت ملامح الشاب تبدو عادية، مع قليل من الشحوب، وملابسه تبدو جديدة للغاية، كما لو أنه قد ابتاعها على التو..

حتى حذاؤه كان لامعًا أنيقًا مصقولًا، لا يحمل سطحه ذرة واحدة من الأتربة، التي تتطاير في العاصمة عادة..

وبكل شكه وريبته، قال حارس الأمن:

- ألديك موعد سابق معه؟

أجابه الشاب في سرعة:

- لدي تصريح خاص بمقابلته.

قالها وأخرج ورقة صغيرة، ناولها إلى حارس الأمن، الذي عقد حاجبيه في قلق لم يدر مصدره، وهو يتطلع إليها.. كانت تصريحًا بمقابلة الدكتور (حامد شوقي)، داخل مركز البحوث، والتصريح يحمل توقيع وزير البحث العلمي في وضوح..

ولكن حارس الأمن لم يشعر بارتياح..

ملمس الورقة لم يرق له..

وكذلك نظافتها البالغة..

وفي حزم، قال حارس الأمن:

- معذرة يا سيدي، ولكننا سنتصل أولًا بمكتب السيد وزير البحث العلمي، و...

لم يكن بحاجة إلى إتمام عبارته، فقد ارتسم الذعر على وجه الشاب، وبدا شديد التوتر والعصبية، وهتف في حدة:

- لا تحاول تعطيل مهمتي.. سأقابل الدكتور (حامد)، سواء شئت أم أبيت.

عقد الحارس حاجبيه في حزم وقال:

- معذرة يا سيدي ولكن نظام الأمن هنا يحتم أن..

قبل أن يتم عبارته، هوى الشاب على فكه بلكمه قوية، لا تتناسب مع جسده النحيل، ثم قفز يعبر البوابة، ويندفع إلى الداخل، في حين سقط حارس الأمن أرضًا، ثم اعتدل صارخًا:

- أوقفوه.. أوقفوا هذا الشاب.

حاول البعض اعتراض طريق الشاب، إلا أنه راوغ معترضيه في مهارة، وانطلق يعبر ممرات مركز البحوث، متجهًا نحو معمل الدكتور (حامد)، وكأنه يعرف طريقه جيدًا، وهو يهتف:

- ابتعدوا.. لا تجبروني على مقاتلتكم.

ولكن رجال الأمن طاردوه في إصرار، وصاح به أحدهم وهو يخرج من مسدسه:

- قف وإلا أطلقنا النار.

استدار إليه الشاب في سرعة، وأخرج من جيبه شيئًا يشبه كرة من الثلج الأبيض، ألقاه نحو رجال الأمن، فانفجرت بصوت مكتوم، وتصاعدت منها أبخره كثيفة، فصاح أحدهم:

- أطلقوا النار.

قالها وأطلق رصاصتين من مسدسه عبر سحب الدخان، وتناهى إلى مسامع الجميع صوت آهة ألم خافتة، فصرخ رئيس الأمن:

- لا.. لا تطلقوا النار.. قد نصيب أحد علماء المركز.

بلغ دوي الرصاصتين معمل الدكتور (حامد) فالتفت إلى الباب، وهو يقول في قلق:

- ماذا يحدث؟

أجابه (أشرف)، وهو لا يقل عنه قلقًا:

- لست أدري!.. إنها أول مرة يحدث فيها هذا هنا.

اتجها نحو الباب؛ لاستطلاع الأمر، و..

وفجأة اقتحم الشاب الحجرة، وهو يمسك صدره في ألم، والدماء تنزف منه في غزارة، وبدت عيناه زائغتين، مما أصاب (أشرف) بالذعر، فهتف:

- ماهذا؟!.. من أنت؟

ولكن الشاب تجاهله تمامًا، واتجه مترنحًا إلى الدكتور (حامد)، وتشبثت به، هاتفًا في وهن:

- دمر تلك الكرة السوداء اللعينة.. لا تذهب إلى المؤتمر الأمريكي.. صدقني هذا أفضل للجميع.

اتسعت عينا الدكتور (حامد) في ذهول، وسأله:

- ولكن كيف؟.. كيف علمت بكل هذا؟.. إننا..

قبل أن يتم عبارته اقتحم رجال الأمن المعمل، وصاح أحدهم:

- ألقوا القبض عليه..

استدار إليهم الشاب في سرعة، على الرغم من إصابته، وأسرعت يده نحو جيب قميصه، ولكن أحد رجال الأمن صرخ:

- احترسوا.. سيلقي قنبلة أخرى.

وبسرعة أطلق رجل أمن رصاصة نحو الشاب..

وأمام أعين الجميع، جحظت عينا الشاب في ألم، ثم سقط جثة هامدة..

وساد الصمت التام المكان..

ووحده راح الدكتور (حامد) يحدق في جثة الشاب في ذهول، حتى أسرع إليه الدكتور (أشرف)، وسأله:

- أأنت بخير؟

بدا وكأن الدكتور (حامد) لم يسمع السؤال أبدًا، فقد ردد في ذهول تام:

- كيف عرف؟.. كيف عرف؟..

وبقي السؤال بلا جواب..

الفصل الثاني

هز (أشرف) رأسه، وهو يلقي صحيفة الصباح جانبًا، ويقول:

- أرأيت ما كتبته الصحف عن الحادث؟.. سطرين فحسب في صفحة الحوادث: "مجهول يقتحم مركز البحوث، ويلقي مصرعه برصاص رجال الأمن".. أي سخف هذا؟.

لم يبد له أن (حامد) قد سمع حرفًا واحدًا من حديثه، فأمسك كتفه، قائلًا:

- ماذا بك؟

التفت إليه (حامد) عاقدًا حاجبيه، ولوح بكفه قائلًا في توتر:

- هل تسألني؟.. ألم يقلقك كل هذا الغموض؟.. ألم تثر كلمات الشاب حيرتك؟

عقد (أشرف) حاجبيه بدوره، وتمتم:

- بل أثارت رعبي، ولكنني أحاول تجاهل الأمر.

لوح (حامد) بكفيه مرة أخرى، وقال في عصبية:

- كيف له أن يعلم بأمر الكرة المضاد للجاذبية؟.. بل كيف عرف بأمر رغبتي في عرض الكشف في المؤتمر الأمريكي، ولم أكن قد اتخذت هذا القرار إلا قبيل لحظات؟

تنهد (أشرف)، وقال:

- ليتني أعلم.

بدا (حامد) شديد التوتر، وهو يقول:

- ولماذا وصف الكرة بأنها لعينة؟.. وما الذي يقصده بأن تدميرها أفضل للجميع؟

ضرب سطح المنضدة بقبضته في غضب، مستطردًا:

- لماذا لقى مصرعه، وترك لنا كل هذا الغموض؟

اختطف الصحيفة في حدة، وألقى نظرة على الخبر القصير، ثم ألقاها مرة أخرة في عنف، وسأل (أشرف):

- إلى أين نقلوا جثته؟

أجابه (أشرف):

- إلى مشرحة (زينهم)، فلابد من تشريح جثته، طبقًا للقانون.

التقط (حامد) سترته، واتجه إلى الباب، فهتف به (أشرف) قلقًا:

- إلى أين؟

أجابه في حزم:

- إلى مشرحة (زينهم).

ثم التفت إليه، مستطردًا في توتر:

- أريد أن أعرف أكثر.

وأغلق الباب خلفه في عنف..

✿✿✿

"نعم.. أنا المسئولة عن فحص جثة الشاب المجهول"

تطلع الدكتور (حامد) في دهشة إلى الشابة الفاتنة، التي تقف أمامه في هدوء، بعد أن نطقت عبارتها، وهتف مستنكرًا:

- أنت؟

قالت في صرامة، وهي تخلع معطفها الأبيض، ليبدو من تحته ثوبها الأنيق البسيط:

- ماذا في هذا؟

راقبها وهي تتجه إلى ما خلف مكتبها، وتتخذ مجلسها مرفوعة الرأس في اعتداد، وقال:

- أأنت طبيبة شرعية؟

قالت في تحد:

- هل يحظر القانون هذا؟

جلس وهو ينظر إلى جمالها في حيرة، وغمغم:

- لا، ولكنني أظنها مهنة شاقة، لا تصلح للنساء، و..

مالت نحوه بغتة، وقاطعته في حزم:

- لست أظننا هنا لمناقشة هذا.. أخبرني أولًا: لماذا طلبت مقابلتي؟

عجز عن الجواب لحظات، أمام فتنتها، ثم لم يلبث أن تنحنح؛ ليستعيد رصانته، وهو يقول:

- أريد معرفة نتائج تشريح الشاب، وفحص أشيائه.

صمتت لحظة، ثم قالت:

- ستجد كل هذا في التقرير الرسمي، الذي سأرسله للنيابة.

قال في لهجة، أدهشه أن بدت ضارعة:

- لا.. أرجوك.. سيصيبني الجنون، ما لم أعرف ما توصلت إليه.

رمقته بنظرة شك قصيرة، قبل أن تسأله:

- هل يهمك الأمر إلى هذا الحد؟

لوح بكفه، قائلًا:

- ماذا كنت أنت ستفعلين، لو هاجمك شخصي غامض في معملك، وتحدث إليك بعبارات مذهلة، وكأنه يقرأ أفكارك ثم لقى مصرعه، قبل أن يفسر شيئًا من هذا؟

ظلت تتطلع إليه لحظات في صمت، ثم قالت في بطئ:

- كنت سأجن حتمًا.

اعتدلت في جلستها، وسألته:

- قل لي: هل سبق لك أن التقيت بهذا الشاب قبلاً؟

قال في ضيق:

- قلت لك إنني لم أره إلا عند اقتحامه معملي.

أومأت برأسها متفهمة، ثم نهضت من خلف مكتبها، واتجهت إلى خزانة مغلقة في ركن الحجرة، وهي تقول:

- أثبت الفحص أنه ذكر عادي، في أواخر العشرينات من عمره، أصابته رصاصة مباشرة في المخ، كانت سببًا في وفاته، وأصابته قبلها رصاصة في عظمة القص، في منتصف صدره، مرت على بعد سنتيمتر واحد من الشريان الأورطي.

أخرجت مفتاحها، وفتحت الخزانة، والتقطت من داخلها عدة أكياس، نقلتها إلى سطح مكتبها، وهي تتابع:

- كل هذا أمر بسيط ومعتاد، حتى نصل إلى مرحلة فحص الثياب والمتعلقات.

التقطت قميص الشاب من أحد الأكياس، ووضعته أمام (حامد)، متابعة:

- قل لي: كيف يبدو لك هذا القميص؟

فحص القميص في حذر، وقال:

- إنه مجرد قميص عادي، ولكنه جديد على الأرجح، أو...

قاطعته في حزم:

- هراء.

بدت له مقاطعتها استفزازية، فرفع عينيه إليها في حدة، إلا أنها تابعت دون أن تلتفت إليه:

- أنظر إلى هذا.. إنه ثقب الرصاصة، التي اخترقت القميص، قبل أن تخترق صدر الشاب.. في المعتاد تكون أطراف القماش محترقة، ومتهتكة، وتلوث الدماء موضع الرصاصة، ولكنك لن تجد كل هذا هنا، فثقب الرصاصة مستدير نظيف، لا أثر فيه للاحتراق أو التهتك، ولا توجد عليه نقطة واحدة من الدماء.

أمسك القميص نفسه مرة أخرى، وراح يفحصه في دهشة، وهي تستطرد:

- القماش نفسه من نوع عجيب، فهو شديد النعومة والصلابة في آن واحد، وخيوطه قوية متماسكة على نحو عجيب.

مالت نحوه بغتة، وهي تضيف في حسم:

- واسمعها كلمة من سيدة.. لا يوجد مثيل لهذا القماش في العالم كله.

بهرته العبارة، فتطلع إليها مشدوهًا، وغمغم:

- سيدتي.. إنني..

قاطعته وهي تجلس على مقعدها:

- اسمي (ألفت).. الدكتورة (ألفت كمال).

قال في حيرة:

- وما الذي يعنيه هذا يا دكتورة (ألفت)؟

رفعت سبابتها أمام وجهها، فقالت:

- انتظر.. لم يحن وقت الاستنتاج بعد.

التقطت كيسًا آخر، وأخرجت منه ورقتين، ناولتهما له، قائلة:

- هذه البطاقة، التي كان يحملها الشاب، وهي تحمل اسم (فريد أحمد طاهر)، وهي تبدو طبيعية، ولكنها ليست كذلك، فهي والورقة الأخرى من نوع لم أره في حياتي كلها من قبل، ولقد استشرت زميلًا يختص بدراسة أنواع الورق، فأكد لي أنه لم يشهد مثل هذا الورق قط.. والورقة الأخرى مثيرة للحيرة أكثر، فهي تحمل توقيع السيد وزير البحث العلمي، والتوقيع سليم تمامًا، ولكن الوزير لم يضع توقيعه على الورقة أبدًا.

سألها في دهشة:

- ما معنى هذا اللغز؟

قالت في اهتمام:

- لقد نقل أحدهم صورة من توقيع الوزير على الورقة، باستخدام أسلوب...

واسترخت في مقعدها، وهي تضيف:

- أسلوب غير معروف.

عقد (حامد) حاجبيه، وهو يتطلع إليها مليًا، قبل أن يسألها:

- دكتورة (ألفت).. ما الذي تحاولين الإشارة إليه؟

ابتسمت قائلة:

- لا شيء بعد.. قلت لك إن وقت الاستنتاج لم يحن بعد.

سألها في توتر:

- أهناك شيء آخر؟

أجابته وهي تلتقط كيسًا ثالثًا:

- بالتأكيد.

التقطت حذاء الشاب اللامع المصقول من الكيس الثالث، ورفعته أمام (حامد)، وهي تقول:

- هذا الحذاء وحده معجزة، يدفع صانعو الأحذية نصف عمرهم، لمنع إنتاج مثله.

قال في حذر:

- ألأنه شديد النعومة واللمعان؟

ابتسمت قائلة:

- بل من المستحيل ألا يصبح كذلك، فالحذاء من مادة مقاومة للاحتكاك، يستحيل خدشها أو تآكلها، إلا باستخدام قاطع من الماس، وطلاؤه من مادة عجيبة، تطرد ذرات الغبار، بوساطة مجال كهرومغناطيسي محدود، و...

- ما كل هذا؟!

استندت براحتيها إلى سطح المكتب، وقالت:

- كل هذا عبارة عن خيوط تقود إلى استنتاج واحد يا دكتور (حامد).

سألها في لهفة:

- ما هو؟

جلست باعتدال على مقعدها وتطلعت إليه لحظة، ثم قالت في حزم:

- هو أن هذا الشاب ليس شابًا أرضيًا.. إنه من خارج عالمنا.. رجل من كوكب آخر..

الفصل الثالث

مضت لحظات طويلة من الصمت، و(حامد) يحدق في وجه (ألفت)، قبل أن يبتسم ابتسامة مضطربة، ويقول:

- دكتورة (ألفت).. هل تداومين على قراءة رويات الخيال العلمي؟

أومأت برأسها إيجابًا في رصانة، وهي تقول:

- هذا صحيح، ولكنه أمر لا علاقة باستنتاجي، فهو استنتاج علمي محض.

ردد مستنكرًا:

- علمي محض؟!

ثم هتف في حنق:

- أي علم في هذا؟.. إنه استنتاج خيالي محض.. استنتاج يستند إلى تفاهات.

هزت كتفيها، غير مبالية بثورته، وهي تقول:

- هذه التفاهات تعجز معاملكم، في مركز البحوث، عن إنتاج مثلها يا دكتور (حامد)، ولا توجد دراسة واحدة تؤكد توصل دولة أخرى إليها.

ومالت إلى الأمام، تضيف في لهجة ذات مغزى:

- في كوكب الأرض.

على الرغم منه بدأ يقتنع بمنطقها، إلا أن خوفه من صحة هذا الاستنتاج جعله يقول في عناد:

- ولماذا يهبط مخلوق من كوكب آخر، ليقابلني أنا بالذات؟

قالت في هدوء:

- ربما لأنك توصلت إلى كشف هام، يهم أبناء كوكب آخر، أو يمثل خطرًا عليهم.

عقد حاجبيه، وهو يسترجع كلمات الشاب قبل مصرعه، وتسلل خوف مبهم إلى قلبه، وهو يتمتم:

- لا.. لا.. مستحيل!

ثم التفت إليها، يستطرد في حدة:

- هناك نقطة ضعف شديدة، في استنتاجك هذا.

سألته في اهتمام:

- ما هي؟

قال في عصبية:

- التركيب التشريحي للشاب.. لقد قلت بنفسك أنه تركيب عادي.

ابتسمت قائلة:

- وماذا في هذا؟.. أمن المحتم أن يختلف التركيب التشريحي لسكان الكواكب الأخرى عن تركيبنا؟.

وتحولت ابتسامتها إلى ضحكة، وهي تتابع:

- من منا صاحب الخيال الواسع إذن؟

صمت لحظات، وهو ينظر إليها، ثم لوح بذراعه كلها، هاتفًا:

- لا.. لن يمكنني أن أصدق هذا.

فتحت فمها لتنطق شيئًا ما، إلا أن كل شيء احتبس في حلقها، مع اتساع عينيها في انبهار، وهي تتطلع إلى ذلك الشاب البالغ الوسامة، الذي عبر باب حجرة مكتبها، في هذه اللحظة..

كان وسيمًا بحق، أشبه بنجوم السينما العالمية، تشع عيناه ذكاء وقوة، وتبدو قامته الممشوقة كقامة أبطال الرياضة..

وعندما تحدث بلغ صوته قلبها مباشرة، وهو يقول:

- أأنت الدكتورة (ألفت)؟

التفت (حامد) إلى مصدر الصوت، وتطلع إلى الشاب في اهتمام بالغ:

- وعلى عكس (ألفت)، لم يهتم (حامد) كثيرًا بوسامة الشاب وأناقته وإنما حدق في ملابسه الجديدة الأنيقة، وحذائه اللامع المصقول، ثم لم يلبث أن سأله في حدة:

- من أنت؟

تجاهله الشاب تمامًا، وهو يتطلع إلى الدكتورة (ألفت)، التي همست مبهورة:

- نعم.. أنا الدكتورة (ألفت).

ابتسم الشاب ابتسامة هادئة، بدت لها أكثر ابتسامات العالم جمالًا وجاذبية، حتى أنها بادلته الابتسام دون وعي، في حين اتجه إليه (حامد)، وكرر سؤاله، في لهجة أكثر حدة:

- سألتك من أنت؟

التفت إليه الشاب في هدوء، وأجابه:

- أنا (سمير طاهر)، شقيق (فريد).

قال (حامد) في حدة:

- كنت أعلم هذا.

أما (ألفت)، فقد نهضت من خلف مكتبها، واتجهت إلى الشاب، تسأله:

- أأنت شقيقه حقًا؟

لم يجب الشاب عن سؤالها، وإنما تطلع بعينيه العسليتين الصافيتين إلى عينيها مباشرة، وقال:

- دكتورة (ألفت).. كم يسعدني أن ألتقي بك وجهًا لوجه.. إنني شديد الإعجاب بك منذ.. منذ..

لم يكمل هذه العبارة، بل لاذ بالصمت بغتة، فسألته هي في فضول:

- منذ ماذا؟

ابتسم قائلًا:

- منذ زمن طويل.. طويل للغاية.

شعرت بحيرة شديدة لجوابه، إلا أن حيرتها لم تلبث أن دفعتها إلى إطلاق ضحكة مرتبكة، هي تقول:

- ولكنني لست عجوزًا إلى هذا الحد.

قطع (حامد) هذا الحديث، عندما أمسك ياقة (سمير) في عنف، وهو يقول في حدة شديدة:

- قل لي يا فتى: من أين أتيت بهذه الثياب؟

استدار إليه (سمير) في بطئ، وتطلع إليه لحظات في صمت، قبل أن يقول:

- لماذا؟.. هل ترغب في شراء مثلها؟

وبحركة حادة مباغتة، اختطف (حامد) قدح ماء، من سطح مكتب (ألفت)، وألقاه على قميص (سمير) في عنف، هاتفًا:

- لا.. أرغب في اختبارها فحسب.

وأمام أعين الجميع، وارتطمت المياه بقميص (سمير)، ثم انزلقت عنه في حدة، انسكبت على الأرض، دون أن تترك أثر للبلل، على القميص، فهتف (حامد)، وهو يلتفت إلى (ألفت):

- هل رأيت؟.. ها هو ذا مخلوق فضائي آخر.

قال (سمير) في صرامة:

- أي هراء هذا؟

أما (ألفت) فقد تراجعت خطوة إلى الخلف، وتطلعت مرة أخرى إلى (سمير)..

لم يبد لها أبدًا كمخلوق من خارج الأرض..

أنه – على العكس – يشبه تمامًا فتى أحلامها، الذي رسمه لها خيالها، منذ كانت فتاة مراهقة، في المرحلة الثانوية..

وفي حيرة، سألته:

- من أنت حقًا؟

عاد يتطلع إليها، وقال في هدوء:

- أنا مخلوق من كوكب الأرض.. صدقيني.

كان يتحدث في صدق تام، حتى أنها صدقته على الفور، ولاذت بالصمت التام، في حين قال (حامد) في حدة:

- ما تفسير كل هذا إذن يا رجل الأرض؟.. كيف حصلت أنت وشقيقك على كل هذه الأشياء؟.. وكيف أدرك شقيقك ما يدور في ذهني، قبل أن أبوح به لأحد؟

نقل (سمير) بصره إليه، وقال في حزم:

- أأنت الدكتور (حامد شوقي)؟

أجابه (حامد) في عصبية:

- نعم.. هو أنا.

استدار إليه (سمير) بجسده كله، وقال:

- إنني أحمل إليك رسالة.

قال (حامد):

- أية رسالة؟

في حزم أجابه (سمير):

- نفس الرسالة التي عجز (فريد) عن إبلاغك بها.. لقد توصلت صباح أمس إلى كشف علمي خطير.. أليس كذلك؟

حدق (حامد) في وجه (سمير) في دهشة، ثم عقد حاجبيه، قائلًا في حزم وصرامة:

- ليس هذا من شأنك.

قال (سمير) في لهجة قوية، وكأنما لا يعنيه اعتراض (حامد):

- لقد توصلت صباح أمس بمعاونة زميلك الدكتور (أشرف مراد)، إلى صنع أول مادة مضادة للجاذبية، وصنعتما النموذج الأول منها على هيئة كرة سوداء مصقولة، شديد اللمعان، وأنت تنوي عرض الكشف في مؤتمر أبحاث الفضاء، في الولايات المتحدة الأمريكية، بعد أسبوعين تقريبًا.

هتف (حامد) في ذهول:

- كيف تعلمون كل هذا؟

مرة أخرى تجاهله (سمير) تمامًا، وقال في صرامة:

- دمر تلك الكرة السوداء اللعينة يا دكتور (حامد).. دمرها قبل فوات الأوان.

حدق (حامد) و(ألفت) في وجه (سمير) في دهشة، وهتف (حامد):

- ماذا تعني؟

واصل (سمير)، وكأنه لم يسمعه:

- لا تعرضها أبدًا في المؤتمر الأمريكي.. لن يمكنك أن تتصور ما سيفعله بها الأمريكون.. إنهم شعب يسعى دومًا للقوة والسيطرة، ولن يكتفوا بالاستخدام السلمي لـ(الأنتيجرافيوم)، بل سيحولونه إلى وسيلة رهيبة للدمار، و..

قاطعه (حامد) في دهشة:

- (أنتيجرافيوم)؟!

ثم أمسك سترة (سمير) في عنف، مستطردًا:

- كيف علمت هذا الاسم؟.. إنني حتى لم أخبر به (أشرف).. بل لم أنطق به أبدًا.. لقد دار في ذهني فقط، و...

اتسعت عيناه في شدة، وبتر عبارته ليهتف:

- الآن فهمت.. إنك أنت وشقيقك المزعوم هذا من عالم آخر بالفعل.. إنكما..

استوقفه (سمير) في صرامة:

- كفى يا رجل.. لست مستعدًا لخوض هذا الجدل السخيف.. إن مهمتي هنا محدودة، فإما أن تدمر كرة (الأنتيجرافيوم)، أو..

بدت لهجته مخيفة، وهو يضيف:

- أو أقتلك.

الفصل الرابع

انتفض جسد (ألفت)، عندما سمعت (سمير) ينطق كلمته الأخيرة، وتراجعت في حدة، هاتفة في استنكار:

- تقتله؟!

التفت إليها (سمير)، وقال في صرامة:

- لا تسيئي فهمي يا سيدتي.. لست قاتلًا، ولا حتى أميل إلى القتل، ولكن الأمر أخطر مما يمكنك تصوره.. إنه مستقبل العالم كله.. مستقبل الحضارة والتقدم.

صاح به (حامد):

- ومن أنت حتى تدعي العلم بما ستفعله مادتي في العالم والحضارة؟.. من أدراك أنها لن تكون بابًا لمزيد من الحضارة والتقدم؟

هتف به (سمير):

- ستكون كذلك في البداية فحسب، ثم..

صرخ به:

- لا شأن لك بما سيحدث بعد هذا.

اتجه إليه (سمير) في صرامة، وقال:

- اسمع يا دكتور (حامد).. كان المفروض أن يتم (فريد) المهمة بنفسه، ولم يكن من الممكن أن آتي أنا، ما لم يلق هو مصرعه؛ لهذا أجهل الكثير عن كل شيء هنا، ولكن هذا لن يمنعني من إتمام المهمة، حتى ولو كلفني هذا حياتي.

تراجع (حامد) في حدة، وهتف:

- لقد فهمت.. إذن فأنت جاسوس.. جاسوس علمي.

واندفع فجأة خارج المكتب، صائحًا:

- امسكوه.. امسكوا الجاسوس.

التفت (سمير) إلى (ألفت) في حركة عنيفة، خفق لها قلبها، ثم اندفع يغادر مكتبها..

ومن الخارج تناهت إلى مسامعها جلبة وضجة، تمتزج بصيحات الدكتور (حامد):

- امسكوه.. اقتلوه.

شعرت بساقيها ترتجفان، فتركت جسدها يهوى على مقعدها خلف مكتبها، وراح قلبها ينبض في عنف، وهي تمتم:

- لا.. لا تقتلوه.

خيل إليها أنها قد غرقت حتى أذنيها، في حب ذلك الشاب الغامض، الذي لم تره إلا منذ لحظات..

بل لقد خيل إليها أنها تراه طيلة عمرها، وتذوب في حبه منذ صباها..

إنه صورة طبق الأصل من فارسها..

فارس الأحلام..

لم يكن لديها تفسير منطقي لذلك الشعور الجارف المفاجئ، ولكنها لم تحاول مقاومته..

لقد تركت قلبها يخفق في استسلام..

وانتفض جسدها، عندما دوى طلق ناري في الخارج..

وانكمشت في مقعدها في هلع، وهي تغمغم:

- اجعله ينجو يا إلهي.. اجعله ينجو.

مضت دقائق قبل أن يدلف (حامد) إلى حجرتها، وهو يقول محنقًا:

- لقد نجح في الفرار.

تنهدت في ارتياح، في حين استدرك هو:

- ولكنهم أصابوه برصاصة.

شحب وجهها، وهي تتمتم:

- أصابوه؟!

أجاب:

- نعم.. لقد ترك خلفه قطرات من دمه.

ثم التفت إليها مستطردًا في حزم:

- ومنها سنجد حل اللغز.. لغز كل هذا الغموض..

✿✿✿

مط الدكتور (أشرف) شفتيه، وهو يقول للدكتور (حامد) في حيرة:

- مجرد عينة دم عادية، من فصيلة (أ) سالبة.

ردد (حامد) في دهشة:

- عينة عادية؟

سأله (أشرف) بابتسامة مترددة:

- ماذا كنت تنتظر؟.. فصيلة دم نادرة؟

قال محنقًا:

- بل فصيلة لا وجود لها على كوكب الأرض.

مال (أشرف) إلى الأمام، وهو يتطلع إليه في دهشة، ثم تراجع يسأله:

- ما معنى هذا يا (حامد)؟

وبلا تردد، روى له (حامد) كل ما حدث بينه وبين (ألفت)، واستمع إليه (أشرف) في دهشة بالغة، ثم هز رأسه في حيرة، مغمغمًا:

- يا إلهي!.. على الرغم من غرابة استنتاج الدكتورة (ألفت)، إلا أنه يبدو لي منطقيًا إلى حد ما.

قال (حامد) في حنق:

- العجيب أنه يبدو لي كذلك أيضًا.

والتفت إليه مستطردًا في انفعال شديد:

- هذا الأمر يطوي في أعماقه سرًا عجيبًا مخيفًا؟ فعندما اقتحم الشاب الأول معملي، وقال ما قاله، تصورت أنه يوجد جهاز تصنت هنا، ينقل ما يدور بيننا إلى جهة تجسس أجنبية، ينتمي إليها الشاب.. ولكن بعد أن أخبرني الثاني بالاسم الذي اقترحه ذهني للمادة المضادة للجاذبية، أصابني الذهول، فلم أكن قد بحت به لمخلوق واحد، ولا حتى كتبته على ورقة، أو رددته بيني وبين نفسي..

لقد كان مجرد فكرة، فكيف توصل إليه؟

غمغم (أشرف):

- لست أدري.

ثم اعتدل مضيفًا في حسم:

- ولكن الأمر كله يحتاج إلى إجراء حازم فوري.

سأله في قلق:

- ما هو؟

أجابه (أشرف)، وهو يتجه إلى الهاتف:

- حمايتك.

وأضاف وهو يدير قرص الهاتف:

- وبأي ثمن.

✿ ✿ ✿

لم تكن ليلة عادية بالنسبة ل(ألفت)..

لقد ظلت تتقلب في فراشها في أرق، حتى أدركت أنها لن تنعم بطعم النوم هذه الليلة، فاستلقت على ظهرها صامتة، وراحت تحدق في سقف الحجرة في شرود..

وسبح ذهنها إلى (سمير)..

كيف خلب لبها بهذه السرعة؟..

كيف غرقت في حبه على هذا النحو، وهي لا تعلم شيئًا عنه؟..
أهو الحب من أول نظرة؟..
لا.. إنها لم تؤمن أبدًا بمثل هذا الحب..
ولكنها الآن غارقة فيه حتى النخاع..
راحت تسترجع كل ما حدث، واستوقفها أمر لم يلفت انتباهها كثيرًا في وقته..
صحيح أن (سمير) يتحدث العربية، وبلهجة مصرية، ولكن لكنته بها شيء غامض غريب..
شيء يصعب عليها إدراكه، ولكنها تشعر به..
ثم إن منشأه ما زال غامضًا بالنسبة إليها..
أهو مخلوق أرضي بالفعل، كما قال؟..
أم أنه زائر فضائي؟..
وما سر كل هذا الغموض..
نهضت من فراشها، وارتدت روبًا منزليًا، واتجهت إلى مطبخها، لتعد لنفسها قدحًا من الشاي، ولكنها لم تكد تضيء المطبخ، حتى تراجعت وهي تطلق شهقة ذعر ودهشة..
لقد وجدته أمامها..
(سمير) بنفسه كان يجلس على مقعد مجاور لصيدلية طوارئ صغيرة، في ركن المطبخ، مرتديًا منظارًا عجيب الشكل، ومنهمكًا في تضميد جرح بذراعه..
وبكل دهشتها هتفت:
- أنت؟!
التفت إليها في بطئ، ورفع منظاره عن عينيه، وهو يقول:
- نعم.. هو أنا.. معذرة.. لم أجد مكانًا ألجأ إليه سوى هذا.
هتفت:
- أأنت مصاب؟
أجابها في هدوء:
- إصابة بسيطة، فالرصاصة عبرت الذراع، دون أن تحطم عظامها، أو تستقر داخلها.
أسرعت إليه، تعاونه في تضميد جراحه، واستسلم هو إليها تمامًا، حتى انتهت من عملها، فاعتدلت تتطلع إليه في حيرة، وسألته:
- لم كان هذا المنظار العجيب؟

ابتسم ابتسامة باهتة، وهو يقول:

- للرؤية في الظلام.

جذبت مقعدًا آخر، وجلست أمامه مباشرة، تتطلع إلى عينيه العسليتين في صمت، حتى قال هو:

- لم أنجح أبدًا في الوصول إلى الدكتور (حامد).. لقد أحاطوه بحراسة بالغة.

سألته في اهتمام:

- لماذا تصر على تدمير اختراعه هذا؟

أشاح بوجهه مغمغمًا:

- من أجل البشرية.

سألته بعد برهة من الصمت:

- أما زلت تصر على إحاطة نفسك بكل هذا الغموض؟

التفت إليها، وقال في صوت خفيض:

- إنني مكره.. صدقيني.. من الضروري أن أبلغ الدكتور (حامد) الليلة، وأحاول إقناعه بتدمير كشفه هذا، وإلا ضاع كل شيء.

سألته بكل فضولها وحيرتها:

- لماذا؟

ازدرد لعابه، وقال:

- قلت لك إنه مستقبل البشرية كلها يتوقف على تدمير هذا الكشف، وعدم وصوله لعلماء (أمريكا).

بقيت صامتة، تتطلع إليه لحظات، ثم قالت:

- اسمع يا (سمير).. الأسلوب الغامض الذي تتبعه، لا يساعد أبدًا على أن يتفهم أي شخص موقفك، فما بالك بعالم توصل إلى كشف هائل، سيقلب كل الموازين العلمية رأسًا على عقب، ثم تأتي أنت وتطالبه بتدمير هذا الكشف، وكتمانه، وحرمان نفسه من نصر علمي رائع، سيخلد اسمه في التاريخ، دون أن تشرح له حتى لماذا عليه أن يفعل هذا؟

بدت الحيرة في عينيه، وغمغم:

- لست أدري.. لم يكن المفروص أن أفعل أنا هذا.

سألته في لهفة:

- ماذا تعني يا (سمير)؟.. أخبرني بكل ما لديك.

تردد لحظة، ثم أجاب:

- المفروض أن (فريد) هو المسئول عن هذه المهمة، وهو الذي درس كل التفاصيل، وكل المعلومات، ولكن مصرعه أربك كل شيء، وكان علي أن أخاطر بالانتقال إلى هنا، ومحاولة إتمام المهمة، وإلا ضاع الأمل الأخير.

سألته:

- لماذا يا (سمير)؟.. من أين أتيت أنت؟.. ومن أين أتى (فريد)؟..

- أهو شقيقك حقًّا؟!.. أمن الممكن أن..

قاطعها بإشارة من يده، وهو يقول:

- رويدك يا دكتورة (ألفت).. لا يمكنني استيعاب كل هذه التساؤلات دفعة واحدة.

قالت في حرج:

- يبدو أنني ثرثارة للغاية.

أجابها في سرعة:

- مطلقًا.. كل الدراسات عنك أثبتت أن قليلة الكلام، وأنك عبقرية في أبحاثك عن مشتقات الدم والبصمات الجينية، و...

قاطعته في دهشة:

- الدراسات؟!.. أية دراسات يا (سمير)؟.. ثم ما تلك الأبحاث التي تتحدث عنها؟ إنني لم أجر أية أبحاث بعد.

تطلع إليها في انزعاج، ثم تنهد قائلًا:

- قلت لك إنني لست مؤهلًا لتلك المهمة.. حسنًا.. سأروي لك القصة كلها. وأطلعها على السر بالفعل..

الفصل الخامس

ألقى ضابط الشرطة المكلف بحراسة منزل (حامد شوقي)، نظرة طويلة على (ألفت)، التي وقفت أمامه مرتبكة، داخل معطف مضاد للمطر، وقد ضاعف التوتر من إحساسها ببرودة الجو، وسألها في شك، يصبغ عادة أسئلة رجال الشرطة:

- ولماذا ترغبين في مقابلة الدكتور (حامد)، في مثل هذا الوقت المتأخر؟

أجابته في ضيق:

- إنه أمر خاص بالعمل، لا يحتمل التأخير، ولقد اتصلت بالدكتور (حامد)، وهو مستعد لاستقبالي، و...

قاطعها في حزم:

- أعلم هذا.

ثم أضاف بنفس لهجة الشك.

- هل تعلمين أنه غير متزوج؟

قالت في حنق:

- لا.. لم أكن أعلم هذا.

أومأ برأسه بلا معنى، وهو يمط شفتيه، ثم قال:

- حسنًا.. اصعدي إليه.

أسرعت تستقل المصعد إلى شقة الدكتور (حامد)، الذي استقبلها في لهفة واضحة، وأسرع يغلق باب الشقة خلفها، وهو يسألها:

- هل تعلمين أين هو حقًّا؟

أومأت برأسها إيجابًا، وبدت له شاحبه إلى حد ما، وهي تقول:

- هو الذي أرسلني إليك.

حدق في وجهها، وهو يقول في دهشة:

- هو أرسلك؟!.. ماذا تعنين؟

أشارت إليه، قائلة:

- أجلس يا دكتور (حامد)، فما ستسمعه مني سيجعلك عاجزًا عن الوقوف حتمًا.

كان قولها يكفي لأن يترك نفسه يسقط على مقعد قريب، وهو يقول في شحوب:

- إلى هذا الحد؟

خلعت معطفها، وبدت قلقة، وكأنما تبحث عن بداية مناسبة لحديثها، قبل أن تقول بغتة:

- لقد أقنعني (سمير) بفكرته.

ردد في دهشة وحيرة:

- أقنعك؟!

فركت كفيها في توتر، وهي تسير في الردهة، قائلة:

- كانت هناك أكثر من نقطة غامضة، تثير حيرتي بشأنه، مثل لهجته العجيبة، وثيابه، ومعرفته لما يستحيل أن يعرفه الشخص العادي، إلا أنه فسر لي كل هذا.

جف حلقه، وهو يسألها:

- أهو من كوكب آخر؟

هزت رأسها نفيًا، وابتسمت في اضطراب، وهي تقول:

- لا.. صحيح أن هذا الحل سيبدو أقرب إلى عقولنا، بعد كل ما قرأناه من روايات الخيال العلمي، إلا أن الحقيقة أكثر غرابة.

توقفت بغتة، واستدارت إليه تستطرد في سرعة، وكأنما تخشى أن تفارقها شجاعتها، لو صمتت أكثر من هذا.

- إنه من المستقبل.

بدا الجواب مذهلًا، بالنسبة لـ(حامد)، الذي اتسعت عيناه ذهولًا، وراحت شفتاه تنفرجان وتنطبقان، كما لو أنه يقول شيئًا، أو يعجز عن قول شيء ما، فتابعت (ألفت) في توتر:

- لقد أتى من عصر يفوقنا بقرن واحد من الزمان، حيث بلغت العلوم شأنًا لا يمكننا تخيله الآن، مع سرعة تطور الأبحاث والتكنولوجيا، وقبل أن يأتي بشهر واحد، انفجرت في العالم أول قنبلة مضادة، وهي عبارة عن قنبلة من تلك المادة المضادة للجاذبية، تتفاعل مع كل ذرة طبيعية على الأرض، ولقد كان انفجارها مروعًا، قضى على ثلاثة أرباع سكان العالم، وحطم كل حضارات الأرض تقريبًا.

ردد (حامد):

- يا للهول!.. أهي شديدة التدمير إلى هذا الحد؟

نظرت إليه، وقالت:

- هذه القنبلة هي تطوير مباشر للمادة التي اخترعتها أنت.. (الأنتيجرافيوم).

اتسعت عيناه في ارتياع، مرددًا:

- يا إلهي!

واصلت في توتر:

- لهذا قرر (سمير) و(فريد) أن يقوما بمحاولة يائسة؛ لمنع هذه الكارثة المروعة للأرض والحضارة، وكانت لديهما آخر آله زمن في العالم، بعد أن دمر الانفجار كل الآلآت الأخرى، ولم يكن أيهما يجيد استعمالها على نحو تام، إلا أنهما قررا أن يخاطر أحدهما بالعودة إلى زمننا، ومحاولة منع إنتاج (الأنتيجرافيوم)، لعل ذلك يمنع كارثة المستقبل.. وعاد (فريد) إلى زمننا، بعد أن صنع من أقشمة عصره ثيابًا تشبه ثياب عصرنا، وارتدى حذاء يشبه أحذيتنا، وتزود ببطاقة وتصريح دخول، صنعهما له جهاز الناسخ الآلي، كما يسمونه في عصرهم، وأتى إلى هنا، وحاول مقابلتك ولكنه لقي مصرعه..

التقطت أنفاسها، و(حامد) ينظر إليها في ذهول، ثم تابعت:

- وعادت آلة الزمن إلى (سمير)، وأدرك من عودتها خالية أن أخيه قد لقي مصرعه، فانتقل بالآلة إلى هنا، وهو يعلم أنها مخاطرة شديدة، فالآلة لن تحتمل رحلة ثالثة، ولن تبقى في عصرنا إلا ساعات محدودة، وسترحل بعد ساعتين عائدة إلى عصره، حيث ستنسف نفسها بنفسها.

ازدردت لعابها، وصمتت لحظة، ثم أضافت:

- كان الزمن أمامه محدودًا، عليه في خلاله أن يقنعك بتدمير الاختراع، ولكنه أصيب، وعجز عن الوصول إليك، والمهلة أمامه تتناقص.

سألها (حامد) بغتة:

- ولكن ما علاقة هذ بلهجتة؟

أجابته في عصبية:

- اللهجات تتبدل مع الزمن.. أليس كذلك؟

غمغم وهو يتراجع في مقعده:

- هذا صحيح.

ازدردت لعابها مرة أخرى، وعادت تقول:

- لهذا كان (فريد) يعلم كل شيء عن كرتك اللامعة، وعن المؤتمر الأمريكي؛ لأن هذا بالنسبة إليه مجرد تاريخ، حتى ولو كان بالنسبة إليك لم يحدث بعد.. إنها فكرة معقدة، ولكن (ألبرت أينشتين) أشار إليها في نظرية النسبية، أليس كذلك؟

غمغم:

- هذا صحيح.. لقد قال إن الزمن نسبي، وإننا نحن نسير فيه، إلى الأمام، ويمكننا أن نسير فيه إلى الخلف، لو امتلكنا الطاقة اللازمة لهذا.

قالت في خفوت:
- نعم.. لقد قرأت هذه النظرية.
ثم تابعت بسرعة:
- ولنفس هذا السبب كان (سمير) يعرف اسم (الأنتيجرافيوم)، قبل أن تذكره أنت لأحد.
ران عليهما صمت تام، بعد عبارتها الأخيرة، ثم رفع (حامد) رأسها إليها، وقال:
- ولكن ما الدليل على هذا؟
قبل أن تجيبه، هب من مقعده، مستطردًا:
- من أدراك وأدراني أن كل هذا ليس مجرد خدعة من جهاز مخابرات معاد، أو شبكة تجسس علمية، أو...
قاطعته في حزم:
- أيبدو لك الأمر كذلك؟
صمت لحظات في حيرة، ثم قال في حدة:
- لا
راح يسير في توتر في الردهة، وهو يقول:
- ولكنك لا تدركين ما يعنيه هذا.. لو لم أعلن أنا عن كشفي ل(الأنتيجرافيوم)، فسيتوصل إليه عالم آخر، من أية دولة أخرى، فلقد كنت أستند إلى نظريات علمية معروفة، ولم أصنع معجزات.. والتاريخ لا يمكن تغييره.. كل ما سيحدث هو أنني سأخسر السبق.
قالت في بطئ:
- وهل ستربح حين يُدمر العالم كله؟
كان من الواضح أن صراعًا هائلًا يدور في أعماقه، ما بين رغبته في إعلان كشفه العلمي المذهل، وخوفه من نتائج هذا الكشف، ثم لم يلبث أن انهار على مقعده، وقال:
- لا يمكنني أن أخاطر بتسليم (الأنتيجرافيوم) إلى أي مخلوق.
هزت رأسها قائلة:
- وهو لا يطلب الحصول عليه، بل يسألك تدميره فحسب.
خفض عينيه لحظات، ثم رفعها إليها، قائلًا في حزم:
- سأفعل.
ثم أضاف في حماس:
- من أجل أحفادي، وأحفاد أحفادي سأفعل.

ابتسمت في ارتياح، وقالت:
- أحسنت.
واتجهت في سرعة نحو الباب، فسألها متوترًا:
- هل سترحلين بهذه السرعة؟
تطلعت إلى ساعتها، وقالت:
- الوقت يمضي بسرعة، ولابد من بلوغ آلة الزمن، فوق قمة المقطم، قبل مضي ساعة ونصف الساعة فقط.
تردد لحظة، ثم قال مستسلمًا:
- اذهبي إذن.
فتحت الباب، والتفتت إليه تقول:
- دكتور (حامد).. لقد وعدت.
أومأ برأسه قائلًا:
- اطمئني.
أغلقت الباب خلفها، وأسرعت إليه..
إلى الرجل الذي امتلك قلبها..
عبر الزمن..

✿ ✿ ✿

لم تتبادل (ألفت) كلمة واحدة مع (سمير)، وهي تنطلق معه في سيارتها، إلى قمة المقطم..
كانت تخشى أن تفتح شفتيها، حتى لا تنفجر باكية..
وسالت دموعها في حرارة لفراقه..
إنه سيرحل عنها..
سيرحل إلى عصر يتقدم عصرها بقرن كامل من الزمان..
وهي تنقله بنفسها وبسيارتها إلى آلة الفراق..
وفي تردد، سألها (سمير):
- هل تثقين في كلمة (حامد)؟
قالت محاولة كبت دموعها:
- اطمئن.
ران عليهما الصمت لحظات أخرى، ثم تسللت أصابع (سمير) تداعب شعرها الأسود الناعم، وهو يقول في همس حالم:
- الأمر يشبه الحلم بالنسبة لي.. لم أتصور أبدًا أنني سألتقي بك، وأنا الذي يذوب في هواك منذ..

بتر عبارته مرة أخرى، فسألته:

- منذ ماذا؟.. لا يوجد ما يمنعك من الإفصاح هذه المرة.. أليس كذلك؟

ابتسم قائلًا:

- هذا صحيح.

صمت لحظة، ثم التفت إليها قائلًا:

- منذ طفولتي.

صدمتها العبارة، فهتفت مستنكرة:

- طفولتك؟!.. إنني لست..

قاطعها في رقة:

- كنت أعلم أن هذا لن يروق لك، ولكنها الحقيقة، فأنت في عصري نابغة من نوابغ التاريخ، نقرأ عن حياتك في انبهار.

سألته في فضول:

- هل تعرف كل تفاصيل حياتي؟

قال في حزم:

- لن أخبرك بحرف واحد منها، فلقد تعلمنا منذ حداثتنا أنه محظور تمامًا التدخل في التاريخ، فلا أحد يعلم عواقب هذا.

ثم شرد ببصره متمتمًا:

- حتى في مهمتنا هذه، ما زلنا نجهل ما إذا كان باستطاعتنا تغيير التاريخ أم لا.

سألته:

- وكيف ستعرف؟

هز كتفيه، وأجاب:

- سأعرف تلقائيًا، عندما أعود إلى زمني، فلو نجحت مهمتنا، فلن يكون هناك خراب أو دمار، أما لو...

لم يستطع إتمام عبارته، فأسرعت (ألفت) تقول:

- سنبلغ قمة المقطم بعد قليل.. اطمئن، مازالت أمامك نصف الساعة، قبل أن ترحل آلة الزمن.

ترقرقت دمعة في عينيها، وهي تستطرد في تردد:

- أمن الضروري أن ترحل؟

تطلع إليها بعينين حزينتين، وقال:

- لست أدري.

قالت في أسى:

- ماذا يمكن يحدث لو...؟
فجأة، وبلا مقدمات، اعتصر الألم جانبها، فأطلقت صرخة جعلته يهتف في هلع:
- ماذا حدث؟
ضغطت كامح سيارتها في قوة، وهي تقول في ألم:
- آلام الكلى يا (سمير).. إنني أعانيها منذ.. منذ..
أمسكها في جزع، قائلًا:
- لا تتحدثي.. أخبريني: أي دواء تتناولين، في مثل هذه الحالة؟
هتفت وآلامها تتضاعف، إلى حد لم تبلغه أبدًا من قبل:
- لست أحمل الدواء.. الآلآم رهيبة هذه المرة.. لابد أنها برودة الجو.. أو...
أطلقت صرخة أخرى، ثم تراخى جسدها فجأة بين ذراعيه، فصاح:
- (ألفت).. ماذا أصابك؟
أدرك من العرق المتصبب على جبينها أنها فقدت الوعي من شدة الألم، وتطلع إلى ساعتها في قلق..
الوقت يمضي بسرعة، وسترحل آلة الزمن..
و(ألفت) تحتاج إلى عناية؛ لينقلها إلى أقرب مركز إسعاف..
عليه أن يختار، وأن يقرر.
وبسرعة..
وبلا تردد، اتخذ قراره، وأزاحها عن عجلة القيادة، وأدار المحرك..
وانطلق..

✿✿✿

فتحت (ألفت) عينيها في المستشفى، وابتسمت في تهالك، عندما رأت أمامها (سمير)، وغمغمت:
- ماذا حدث؟.. هل أصابتني غيبوبة؟
ربت على كفها في حنان، وهو يقول:
- أنت الآن بخير.
حملت نبراته كل ما يزخر به قلبه من حب لها، فابتسمت في سعادة وحب، ثم لم يلبث بصرها أن وقع على عقربي الساعة الصغيرة، المعلقة على الحائط، فاتسعت عيناها في رعب، وهبت من فراشها هاتفة:
- يا إلهي!.. موعدك.
أمسك كتفيها في رفق، وابتسم في حب، وهو يقول:
- لقد رحلت آلة الزمن.. لا تقلقي نفسك بهذا.

شعرت بتأنيب الضمير، وهي تقول:

- أنا المسئولة.. لقد حرمتك من الرجوع إلى زمنك.

مس شفتيها بأنامله، ليوقفها عن الحديث، وهو يقول:

- بل منحتني عالمًا من الحب.. عالمك أنت يا (ألفت).. صحيح إنني لن أعلم أبدًا ما إذا كنت قد نجحت في مهمتي أم لا، ولكنني سأترك الجواب للزمن، وسأبقى في عالمك، ما دام الحب يربط قلبينا معًا..

ترقرقت عيناها، بدموع السعادة، وهي تهتف:

- (سمير).. إنني.. إنني..

قال في حب:

- أعلم.. أنا أيضًا أحبك.. إنه قدري: أن أحيا في عصر يسبق مولدي بأكثر من نصف قرن.

ثم ابتسم مستطردًا:

- ولكن هذا يبدو طريفًا.. أليس كذلك؟

ومرة أخرى في التاريخ، هزم الحب كل الحواجز..

حتى حاجز الزمن..